シルバー川柳10

イラストレーション　古谷充子
ブックデザイン　鈴木成一デザイン室

シルバー

【silver [sílvər]】

オンライン篇

新型コロナウイルス感染症拡大を受け、60歳以上1500人を対象に行われた調査（株式会社オースタンス）では、6割の人が「ネットニュースを読む」、2割以上が「無料動画・SNSの閲覧」「友人・家族とやりとりする」と回答、シニア世代のオンライン化が加速していることがわかった。収束後にしたいトップ3は「国内旅行」「友人・仲間に会う」「外食」。この間ネット購入したものとして「カメラ」「画材」「カラオケマイク」等の回答があった。

I

6

ばあさんの
手づくりマスク
息できず

星野透・男性・埼玉県・82歳・無職

要請をされる前から日々休み

中川潔・男性・福井県・55歳・会社員

妻が言う
ひとまず預かる
給付金

相野正・男性・大阪府・70歳・無職

頭頂部だけが見えてるオンライン

ロマン派・男性・北海道・53歳・会社員

円満の秘訣ソーシャルディスタンス

荒木貞一・男性・北海道・77歳・無職

14

耳鳴りも
ピーシーアールと
音がする

加藤義秋・男性・千葉県・73歳・無職

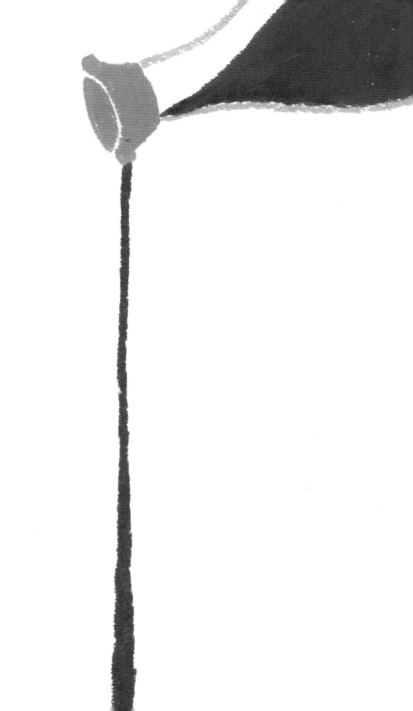

妻の留守
たっぷり醤油
寿司刺身

ハルル・女性・東京都・70歳・主婦

我家では
濃厚接触
とんとなし

有藤幹男・男性・高知県・70歳・パート

ゴミ出しの
俺とカラスは
顔馴染み

田辺征夫・男性・千葉県・73歳

20

なぜ吠えるマスク姿の飼い主に

エル・ママ・女性・熊本県・50歳・介護関連

売ってない極楽行きのパスポート

石川昇・男性・東京都・67歳・無職

武勇伝
俺の話は
無観客

角森玲子・女性・島根県・52歳・自営業

何をしに
ここに来たかと
考える

安田三貴也・男性・千葉県・79歳・パート

脳トレを
毎日してます
探し物

大沢紀恵・女性・新潟県・80歳・主婦

美男とか
美女とかもはや
どうでもいい

中平多絵子・女性・高知県・45歳・事務、制作

入らない
母の入歯で
騒ぐ父

あおちゃん・女性・東京都・47歳・無職

グーグルの検索履歴に水戸黄門

合田幌生・男性・広島県・14歳・中学生

じいちゃんの敵は段差とパスワード

岩崎達也・男性・福岡県・53歳・会社員

テレワーク
やってみたいが
俺無職

小畑和裕・男性・東京都・73歳・団体役員

幼な児に戻りて可愛い認知症

井上敬子・女性・東京都・106歳

Ⅱ

スクワット
しゃがんだままで
立てません

早乙女雅行・男性・神奈川県・69歳・無職

返納は
免許証より
まずあなた

綾部保知・男性・茨城県・72歳・無職

期限切れ
捨てず私に
食べさせる

私はだーれ・男性・東京都・67歳・無職

おかずより
薬が多い
朝ごはん

わらびママ・女性・静岡県・48歳

耐用の年数家電と競い合う

広枝・女性・北海道・67歳・商店主

聴力は
下がるが悪口
よく聞こえ

瀬戸いち子・女性・香川県・83歳・無職

心配だ
「パンツで行く」と
孫が言う

侑李・女性・静岡県・42歳・アルバイト

グレイヘア
流行るの遅い
つるっ禿

あおちゃん・女性・東京都・46歳・無職

爺ちゃんの
着信音が
ヤングマン

ロマン派・男性・北海道・52歳・会社員

糖質より
記憶のオフが
心配に

紫苑・男性・千葉県・73歳・無職

今日もまた
話し相手が
尻尾ふる

福井勝己・男性・京都府・71歳・無職

足指の爪を切るのはD難度

樋口尚道・男性・兵庫県・90歳・無職

朝起きて
ヤル気スイッチ
又故障

とくさん・男性・兵庫県・74歳・無職

値が張ると
言ってた遺品
みんなゴミ

角森玲子・女性・島根県・51歳・自営業

「ボケぬ本」
祖父はよく買う
同じ本

塩田友美子・女性・東京都・33歳・主婦

国会を
見て学んでる
言い逃れ

おたやん・男性・和歌山県・64歳・無職

補聴器を
忘れ爆音
居間テレビ

北鎌倉人・男性・神奈川県・57歳・自営業

AIに尋ねてみたい我が老後

岡田恵子・女性・大阪府・71歳・主婦

金の事
云わなくなれば
ボケ本番

今津茂・男性・岡山県・71歳・無職

吾輩は
誰であるのか
名を忘れ

札場靖人・男性・東京都・77歳・無職

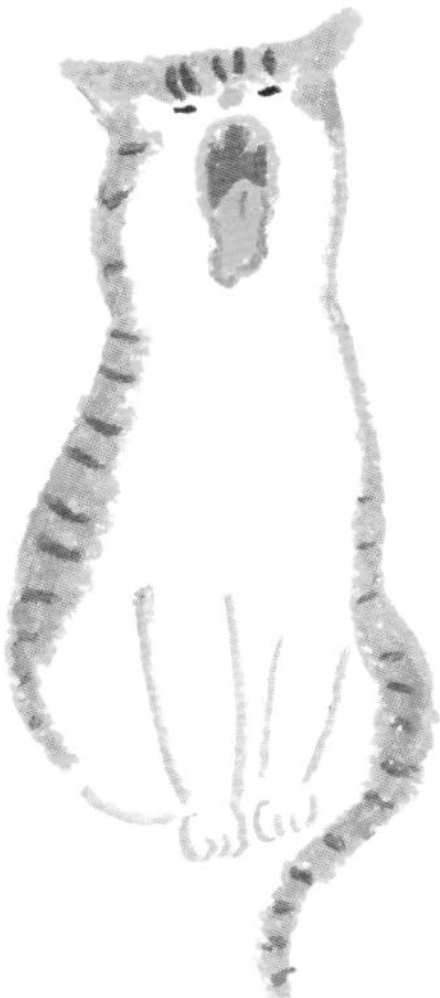

Ⅲ

酒タバコ
止めてと言わぬ
妻笑顔

西村忠士・男性・長野県・76歳・無職

調理機の
ブザーの音に
返事する

渥美佳枝・女性・静岡県・71歳・主婦

判定はうちのばあさん妖怪5

ツダアヤコ・女性・東京都・56歳・主婦

生き字引
孫のスマホに
歯が立たず

川村隆司・男性・神奈川県・68歳・自営業

くるんだ積形のチョコレートの
アイスクリーム
スマッシュ〔smash〕テニスや卓球
などで、ボールを急角度に打ち
おろすこと。打ち込み 例 太
坂の―が決まった
すまない〔済まない〕(連)
あやまる時、礼を言う時、
依頼をする時などに使う
言葉。申し訳ない
すまひ〔三相三撲〕→すまい
と（ま）〔ひ〕」→

すまほ〔スマホ〕

すまろぐさ〔三天三門三冬〕
「てんもんどう」の古名〔塊根
が、緒に貫いた銃（スヌル）
のようである意〕〔新
撲字鏡〕
・すまる〔住まはー

(動)(ま五 四)住む
居住する。〔宅居（ーれり）〕
住まう。住んでいる 住むとほぼ
同義 住まうのやや古風な
言いまわし
〔西域記四院政期点〕
すみ〔炭〕㊀木が燃えたあと
の黒くなって残ったものやその
さかづきの皿についているのーして
歌の末を書きつく〔物語
六九〕㊁木を炭がまどで焼
いて作った黒色の固形物。
火におこし、物を煮・また紙
暖を取りなどする。〔和名
抄〕㊂錬所の一。炭の切
〔図頭巾〕」。

「シルバー」と「シニア」でもめる初会合

まるしん・男性・千葉県・60歳

元号を
跨《また》いで段差
越えられず

福永敬子・女性・北海道・52歳・会社員

特売に
走る元気は
とってある

山田明・男性・千葉県・68歳・無職

孫が捨て
拾って磨き
俺が履き

武峰・男性・北海道・87歳

郵便はがき

おそれいりますが切手をおはりください。

102-8519

〈受取人〉

東京都千代田区麹町4-2-6 9F

株式会社 ポプラ社

一般書編集部 行

お名前 (フリガナ)

ご住所 〒

TEL

e-mail

ご記入日 年 月 日

ご愛読ありがとうございます。

読者カード

●ご購入作品名

[　　　　　　　　　　　　　　　　　　　　　　　　　　　　]

●この本をどこでお知りになりましたか？

1. 書店（書店名　　　　　　　　　　　　　　　）　2. 新聞広告
3. ネット広告　　4. その他（　　　　　　　　　　　　　　）

年齢　　歳　　　　　　性別　　男・女

ご職業　1.学生（大・高・中・小・その他）　2.会社員　3.公務員
4.教員　5.会社経営　6.自営業　7.主婦　8.その他（　　）

●ご意見、ご感想などありましたら、是非お聞かせください。

●ご感想を広告等、書籍のPRに使わせていただいてもよろしいですか？
（実名で可・匿名で可・不可）

●このハガキに記載していただいたあなたの個人情報（住所・氏名・電話番号・メールアドレスなど）宛に、今後ポプラ社がご案内やアンケートのお願いをお送りさせていただいてよろしいでしょうか。なお、ご記入がない場合は「いいえ」と判断させていただきます。
（はい・いいえ）

本ハガキで取得させていただきますお客様の個人情報は、以下のガイドラインに基づいて、厳重に取り扱います。
1．お客様より収集させていただいた個人情報は、よりよい出版物、製品、サービスをつくるために編集の参考にさせていただきます。
2．お客様より収集させていただいた個人情報は、厳重に管理いたします。
3．お客様より収集させていただいた個人情報は、お客様の承諾を得た範囲を超えて使用いたしません。
4．お客様より収集させていただいた個人情報は、お客様の許可なく当社、当社関連会社以外の第三者に開示することはありません。
5．お客様から収集させていただいた情報を統計化した情報（購読者の平均年齢など）を第三者に開示することがあります。
6．はがきは、集計後速やかに断裁し、6か月を超えて保有することはありません。

●ご協力ありがとうございました。

薄型だ
スマホも財布も
髪の毛も

鈴木冨士夫・男性・埼玉県・69歳・自営業

中締めの
ころは皆さん
眠ってる

中年やまめ・男性・神奈川県・72歳・無職

「どちら様」同窓会の慣用句

ひーらームーン・男性・東京都・66歳・無職

アヒルロ
三十年後
総入れ歯

谷口委佐子・女性・奈良県・69歳・主婦

もの忘れ
行ったりきたりで
一万歩

たまちゃん・女性・岡山県・45歳・会社員

老人の辞書に「素直」は載ってない

大野陽子・女性・山梨県・73歳・美容師

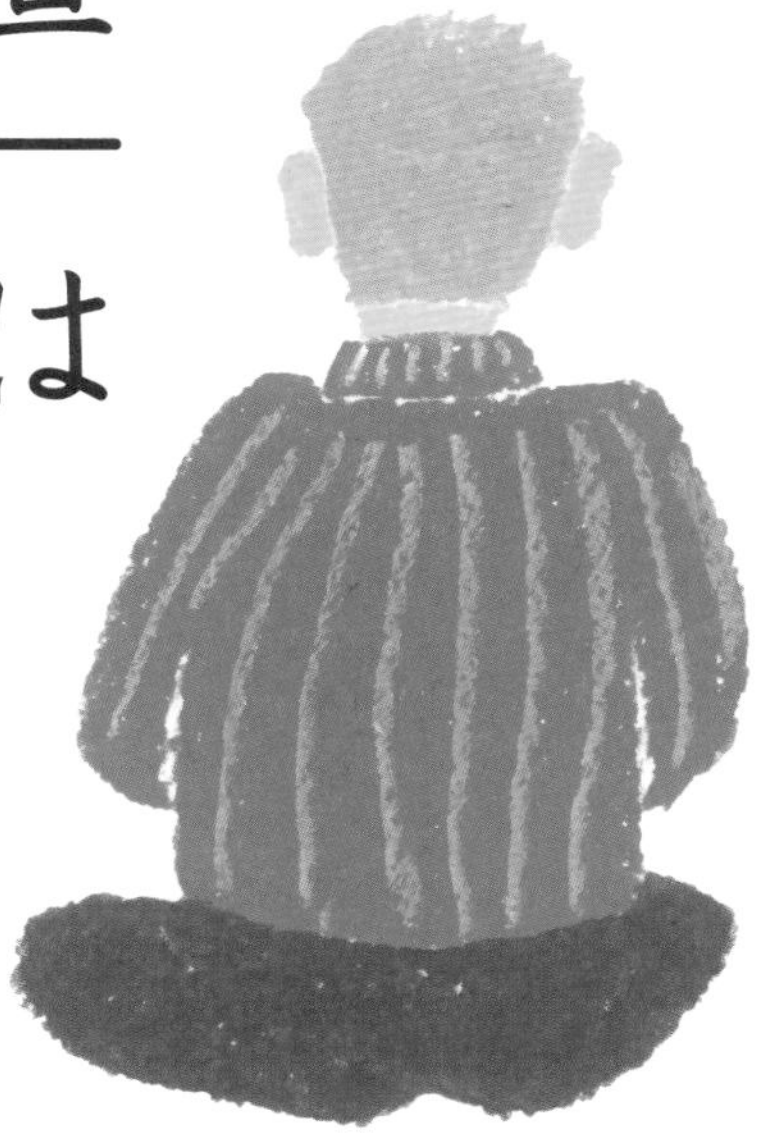

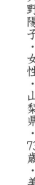

長生きは
自己責任と
子に言われ

ふわりねこ・女性・東京都・61歳・主婦

通販で
届いた同じ
なべ、ふたつ

シェル・女性・愛知県・60歳・パート

明日撮影
言っては見たが
レントゲン

足立忠弘・男性・東京都・80歳・無職

定年後
ネコにじゃれても
断わられ

藤木久光・男性・福岡県・74歳・無職

減ってきた
貯金体力
妻の愛

笑爺・男性・神奈川県・73歳・無職

死ぬばかり
などと言いつつ
サプリ飲む

吉野歳子・女性・宮城県・75歳・無職

「ライン」とは
何の線かと
爺は聞き

さくらちゃん・女性・奈良県・77歳・主婦

ばあちゃんが
「80は若い」と
つぶやいた

ポパイ・男性・大分県・39歳・医療従事者

終活を
始めて年々
若返り

前島由紀子・女性・大阪府・56歳・主婦

じいちゃんの
退位はいつかと
孫が訊く

畑和利・男性・北海道・53歳・自営業

Ⅳ

未来より
昨日のことが
わからない

中川潔・男性・福井県・54歳・会社員

妻でなく
AI家電の
返事待つ

ごっちょさん・男性・埼玉県・79歳・無職

起きたかと
互いに気にする
老夫婦

兵藤怜美・男性・千葉県・79歳・無職

キャッシュレス
金欠病かと
孫に問い

川村均・男性・神奈川県・72歳・主夫

皺ふえて
女難の相も
どこへやら

山平雄二・男性・岩手県・65歳・介護職

私だけ夫が居るとぼやく妻

原隼・男性・大阪府・80歳・無職

爺と婆
着替えの度に
ハグをする

ウオークマン・男性・岡山県・76歳・無職

運動会
敬老招待
子より増え

冨山栄子・女性・福島県・66歳・パート

君の名は？
孫の名前が
読めなくて

おねねまる・女性・東京都・29歳・団体職員

川柳を
数え数えて
用忘れ

大原美枝子・女性・神奈川県・95歳・無職

缶詰めは
猫はマグロで
わしイワシ

圓崎典子・女性・茨城県・55歳・パート

まま代わり
おりょうり上手な
ばばの味

田村友理奈・女性・東京都・4歳・幼稚園生

鉢植えと
母と家電が
会話中

大坪覚・男性・神奈川県・51歳・契約社員

1万歩
目指して歩き
ここはどこ

カワサン・男性・大阪府・68歳・無職

迷っても
犬が知ってる
帰り道

梅沢善二・男性・群馬県・88歳・無職

よちよちは
二度目ですから
得意です

けろね・男性・大阪府・72歳・無職

待ち合わせ
今日は眼科で
明日内科

井堀雅子・女性・奈良県・65歳・無職

集まれば薬と医者をランキング

なんきんも・男性・静岡県・70歳・無職

簡単な
段差に骨を
折った夢

島立たかお・男性・東京都・56歳・会社員

看護師に
頭と足が
上がらない

みみちゃん・女性・千葉県・43歳・主婦

23 24 25
29 30 31

爺さんの
特技時々
死んだ振り

粭本けいこ・女性・静岡県・73歳・主婦

死んだふり
して見てみたい
妻の顔

石川昇・男性・東京都・66歳・無職

病院へ
ペットはタクシー
オレは徒歩

美濃路ノ八十爺・男性・岐阜県・78歳・無職

もう慣れた
女房のパンツ
今朝も干す

北冬山・男性・埼玉県・87歳・無職

終わりに

「こんなに笑ったのは久しぶり」「身につまされてばかりです」と多くの反響をいただいて、おかげさまで「シルバー川柳」シリーズも記念すべき10巻を迎えることになりました。改めて御礼申し上げます。

「シルバー川柳」は、公益社団法人全国有料老人ホーム協会が主催し、二〇〇一年より毎年行われている川柳作品の公募の名称です。気軽に取り組める川柳づくりを通し、老いを肯定的にとらえ、楽しんでもらいたいと始まった公募には、これまで二〇万句に迫る作品が全国から寄せられています。

本書は、今夏選ばれた第二〇回の入選作二〇句を含む、計八八句を収録しています。応募総数は一万六六三句と昨年の約八八〇〇句から大幅に増加、内訳は男性六一・四%、女性三八・一%と男性の比率が大きく伸びています。応募者の平均年齢は六八・六歳、また最高年齢は女性の一〇六歳、最年少は一一歳（女子）となりました。

今回は、新型コロナウイルスの影響による、さまざまな生活の変化をテーマにした作品が多く寄せられました。応募作品を題材別に集計したデータでも、これまで上位だった「知力・体力の衰え、老化」や「親、孫、嫁などの家族」といった題材を上回る、「コロナ関連」の句が届いています。

マスク不足や三密を避けた行動が言われるなか、入選作の「円満の秘訣ソーシャルディスタンス」（男性、77歳）「ばあさんの手づくりマスク息できず」（男性、82歳）「なぜ吠えるマスク姿の飼い主に」（女性、50歳）のほか、「テレワーク」「給付金」「濃厚接触」「無観客」といったキーワードを身近な生活にうまく入れ込んだ作品が多く寄せられました。

一方、毎年の定番ネタである「もの忘れ」「家族関係」を描いた川柳も健在です。「何をしにここに来たかと考える」（男性、79歳）、「妻の留守たっぷり醤油寿司刺身」（女性、70歳）、「入らない母の入歯で騒ぐ父」（女性、47歳）など、毎日の暮らしをユーモアたっぷりに描き、思わずふき出してしまう作品ばかりです。

日常と世相を描き出す『シルバー川柳』。二〇二〇年はコロナウイルスの影響で多くの方々が不自由な生活を強いられていますが、日々好奇心を持ち、感じたことを記録するなどして、川柳づくりを楽しんでいただければ幸いです。

時に厳しい現実に向き合いながらも、笑顔の時間をどうか忘れず、健康に暮らしていただきたい。そして、けっして人は孤独ではないことを川柳を通して感じていただきたい。この一冊の本が、みなさんのお役に立つことができれば、この上ない喜びです。

最後になりましたが、本書の刊行にあたり、作品の掲載をご快諾いただいた作者のみなさま、ご家族のみなさまに厚く御礼申し上げます。

公益社団法人全国有料老人ホーム協会
ポプラ社編集部

本書に収録された作品は、公益社団法人全国有料老人ホーム協会主催「シルバー川柳」の入選作、応募作から構成されました。

Ⅰ章　第二〇回入選作
Ⅱ章～Ⅳ章　第一九回応募作

＊　Ⅰ章は公益社団法人全国有料老人ホーム協会選、Ⅱ～Ⅳ章はポプラ社編集部選となります。

＊　作者の方のお名前（ペンネーム）、ご年齢、ご職業、ご住所は、応募当時のものを掲載しています。

公益社団法人全国有料老人ホーム協会

有料老人ホーム利用者の保護と、事業の健全な育成を目的として、一九八二年に設立。老人福祉法に規定された唯一の法人として、入居者生活保証事業の運営、苦情対応、事業者への運営支援、職員研修など多岐にわたる事業を行う。またサービス評価事業や入居相談などを通じ、ホームの情報開示にも積極的に取り組んでいる。二〇一三年四月に公益社団法人となる。

＊公募「シルバー川柳」についてのお問い合わせ
（入居相談も受け付けます）
電話〇三―三五四八―一〇七七
受付時間は月・水・金曜日、一〇時〜一七時（祝日・休日は除く）
東京都中央区日本橋三―五―一四
アイ・アンド・イー日本橋ビル七階
公益社団法人全国有料老人ホーム協会

シルバー川柳10 スクワットしゃがんだままで立てません

二〇二〇年九月七日　第一刷発行

編者　公益社団法人全国有料老人ホーム協会、ポプラ社編集部

発行者　千葉 均

編集　浅井四葉、倉澤紀久子

発行所　株式会社ポプラ社

〒一〇二-八五一九 東京都千代田区麹町四-二-六

電話〇三-五八七七-八一〇九(営業) 〇三-五八七七-八一一二(編集)

印刷・製本　図書印刷株式会社

Printed in Japan N.D.C.911/126P/19cm ISBN978-4-591-16759-5

P8008298

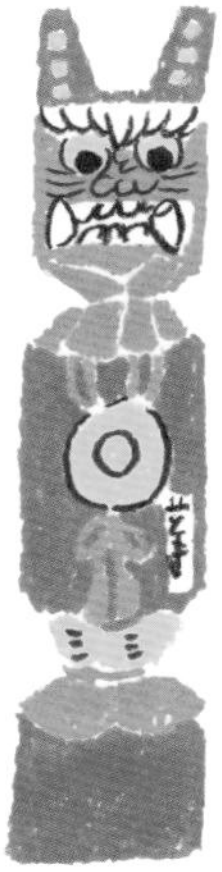